UN MOT AUX PARENTS

Lorsque votre enfant est prêt à aborder le domaine de la lecture, *le choix* des livres est aussi important que le choix des aliments que vous lui préparez tous les jours.

La série **JE SAIS LIRE** comporte des histoires à la fois captivantes et instructives, agrémentées de nombreuses illustrations en couleurs, rendant ainsi l'apprentissage de la lecture plus agréable, plus amusant et plus en mesure d'éveiller l'intérêt de l'enfant. Un point à retenir : les livres de cette collection offrent *trois niveaux* de lecture, de façon que l'enfant puisse progresser à son propre rythme.

Le **NIVEAU 1** (préscolaire à 1re année) utilise un vocabulaire extrêmement simple, à la portée des très jeunes. Le **NIVEAU 2** (1re - 3e année) comporte un texte un peu plus long et un peu plus difficile. Le **NIVEAU 3** (2e - 3e année) s'adresse à ceux qui ont acquis une certaine facilité à lire. Ces critères ne sont établis qu'à titre de guide, car certains enfants passent d'une étape à l'autre beaucoup plus rapidement que d'autres. En somme, notre seul objectif est d'aider l'enfant à s'initier progressivement au monde merveilleux de la lecture.

D1386275

Dépôts légaux: 1er trimestre 1988
Bibliothèque nationale du Québec
Bibliothèque nationale du Canada
ISBN: 2-7625-4916-7   Imprimé au Canada

LES ÉDITIONS HÉRITAGE INC.
300 Arran, Saint-Lambert, Québec J4R 1K5
(514) 672-6710

Bon anniversaire, Petite Sorcière !

Texte de Deborah Hautzig
Illustrations de Marc Brown
Traduit de l'anglais par
Lucie Duchesne

Niveau 2

C'est l'anniversaire de Petite Sorcière.

Toutes les sorcières s'affairent

à préparer la fête d'anniversaire

de Petite Sorcière.

La sorcière Grognonne suspend

des toiles d'araignée.

La cousine Follette dessine une carte

d'anniversaire pour Petite Sorcière.

La sorcière Vilaine se moque

de la cousine Follette.

La Mère Sorcière prépare un gros gâteau au chocolat et aux grenouilles.

Tout le monde a l'esprit à la fête...

tout le monde, sauf Petite Sorcière.

«Ce sera une fête comme d'habitude»,

dit Petite Sorcière à Ursule,

sa chauve-souris.

«Tante Vilaine va crever mes ballons,

et tante Grognonne va faire pleuvoir.

Pourquoi je n'ai jamais une belle fête?»

Soudain, Petite Sorcière a une idée.

«Je pourrais essayer de retrouver mes amis,

l'astronaute, le pirate et le petit diable!»

«Nous avons eu tellement de plaisir lorsqu'ils sont venus pour l'Halloween! Je vais leur demander de venir à ma fête», dit-elle à son chat Boubou.

«Viens, Ursule.

Viens, Boubou.

Allons à leur recherche!»

Avant de partir, Petite Sorcière

va à la cuisine.

«As-tu besoin d'aide, maman?»

demande-t-elle.

Mère Sorcière frappe du pied.

«Vas-tu cesser d'être gentille?»

grince-t-elle.

«Allez ouste!

Salis-toi!

Et rentre très en retard!»

Alors Petite Sorcière, Ursule et
Boubou partent.

«Cherchons d'abord l'astronaute!»

dit Petite Sorcière.

Elle enfourche son balai

et dit la formule magique:

«Cravate à pois,

Ballon carré,

Emmène-moi

Vers la fusée!»

Et ZZZOUM! Elle décolle.

Boubou ferme les yeux

et s'accroche à Petite Sorcière.

Ils filent vers le ciel,

à travers les nuages.

Ils dépassent la lune

et se faufilent entre les étoiles

pour arriver BOUM! sur une fusée.

Petite Sorcière regarde

par le hublot.

Deux astronautes la regardent.

«As-tu vu ce que j'ai vu?»

demande l'un des astronautes.

«Une petite sorcière!» dit l'autre.

«Ce n'est pas la bonne fusée,

dit tristement Petite Sorcière.

Mon petit astronaute n'est pas là.

J'aurai peut-être plus de chance

pour trouver le pirate.»

Elle dit au revoir aux

astronautes et prononce

une autre formule magique:

«Espèce de patate,

Tomate pourrie,

Bateau de pirates,

Me voici!»

Petite Sorcière survole la ville,

puis la mer

pour atterrir sur le pont

d'un grand bateau noir.

«Qui es-tu?»

hurle le capitaine du bateau.

Petite Sorcière répond:

«Je ne suis qu'une petite sorcière

qui cherche son ami pirate.»

«Tu n'as pas d'ami ici,

grogne le capitaine.

Va et saute à la mer!»

Mais au moment où Petite Sorcière

arrive au bout de la planche,

elle récite:

«Aile de poulet,

Oreille de souris,

Mon beau balai,

Sors-moi d'ici!»

Le balai emporte rapidement
Petite Sorcière vers le ciel,
loin du capitaine des pirates.
«Ouf! Un peu plus et je
tombais à l'eau! dit-elle.
Bon. Il ne me reste plus
qu'à trouver le petit diable.»

Elle prononce une formule

magique:

«Petit diable tout rouge,

Petit diable qui bouge,

Tu dois être prêt,

J'arrive sur mon balai!»

Petite Sorcière atterrit brutalement.

L'endroit est plein de casseroles

où bouillonne un liquide rouge

qui sent très bon.

«Oh non! s'écrie Petite Sorcière.

C'est de la soupe aux tomates!»

Elle a atterri dans une

usine de soupe aux tomates.

«Mes formules magiques

ne fonctionnent jamais.

Je suis une sorcière ratée»,

dit tristement Petite Sorcière.

Petite Sorcière entend une voix.

«Bonjour, fillette,

dit un petit monsieur tout rond.

Pourquoi es-tu déguisée comme cela?

Ce n'est pas l'Halloween.»

Petite Sorcière répond:

«Ce n'est pas un déguisement!

Je suis une sorcière.

Une vraie sorcière.

Et c'est mon anniversaire.

Je cherche mes amis.»

Le gros monsieur sourit. Il sait bien
que les sorcières n'existent pas.

«Tes amis sont peut-être
à l'école», dit-il.

«Vous avez peut-être raison»,
dit-elle, puis elle récite:

«Éléphant gras,

Pot de colle,

Balai, emmène-moi

Tout droit à l'école!»

ZZZOUM! Elle décolle, et le
gros monsieur est si étonné
qu'il tombe dans la soupe.

Petite Sorcière atterrit tout près

d'une fenêtre de l'école.

Elle regarde à l'intérieur.

La maîtresse tient quelque chose

dans sa main. «Voici Lulu, dit-elle.

C'est la souris de Christophe.»

Quand Boubou entend le mot «souris»,

sa fourrure se hérisse.

Boubou a tellement peur des souris

qu'il se sauve.

«C'est mon pire anniversaire.

Je ne peux trouver mes amis.

Et en plus, Boubou s'est sauvé.»

Petite Sorcière part à sa recherche

dans la cour d'école,

puis dans la rue.

Elle regarde même dans une niche.

«Allez, viens, Ursule, on s'en va.

Boubou s'est peut-être sauvé

à la maison.»

Quand Petite Sorcière

arrive chez elle,

la maison est toute sombre.

Petite Sorcière se met

à pleurer.

«Ursule, je crois qu'elles ont

oublié mon anniversaire.»

Elle ouvre la porte et...

PIF! PAF! POUF!

C'est rempli de ballons.

Les lumières s'allument.

Toutes les sorcières sont là.

Boubou aussi et... trois enfants.

Tout le monde chante alors:

«Joyeux anniversaire,

Petite Sorcière!»

Une petite fille dit: «Mon nom est Mathilde. J'étais l'astronaute.»

Un garçon dit: «Moi, je m'appelle Raphaël. C'était moi, le pirate.»

L'autre garçon dit: «Et moi, c'est Simon. J'étais le petit diable.»

«Nous avons trouvé Boubou,

dit Mathilde.

Il s'était caché dans une poubelle.

Nous savions que c'était ton chat,

et nous l'avons ramené.

Ta maman nous a demandé

de rester pour ta fête.»

Et c'est toute une fête!

Mathilde, Raphaël et Simon

apprennent de nouveaux jeux

à Petite Sorcière.

Ils jouent à colin-maillard,

ils jouent à épingler la queue du diable

et aussi à la chaise musicale.

Ensuite, la sorcière Grognonne

fait tomber la pluie.

Mais c'est une grosse pluie

de bonbons et de sucreries!

La sorcière Follette souhaite
Joyeux Noël à tout le monde
et fait apparaître des étoiles.
«Follette est toujours distraite,
dit Petite Sorcière à ses amis.
Mais nous l'aimons beaucoup.»

Tous mangent d'énormes
tranches de gâteau.
«C'est tellement bon!
dit la sorcière Vilaine,
et ça donne
de belles grosses caries.»

Puis Mère Sorcière donne

un cadeau à Petite Sorcière.

C'est un gros sac de saletés.

«Merci, dit Petite Sorcière.

Cela m'aidera peut-être à

être un peu moins propre.»

«Non, dit Mère Sorcière.

Tu es une bonne petite

sorcière.

Tu n'y peux rien.

Et le pire, c'est que

JE T'AIME QUAND MÊME!»

Et Mère Sorcière lui donne une

belle caresse d'anniversaire.

Tous chantent: «Joyeux anniversaire!»
Jamais Petite Sorcière n'a eu
une fête comme celle-là!

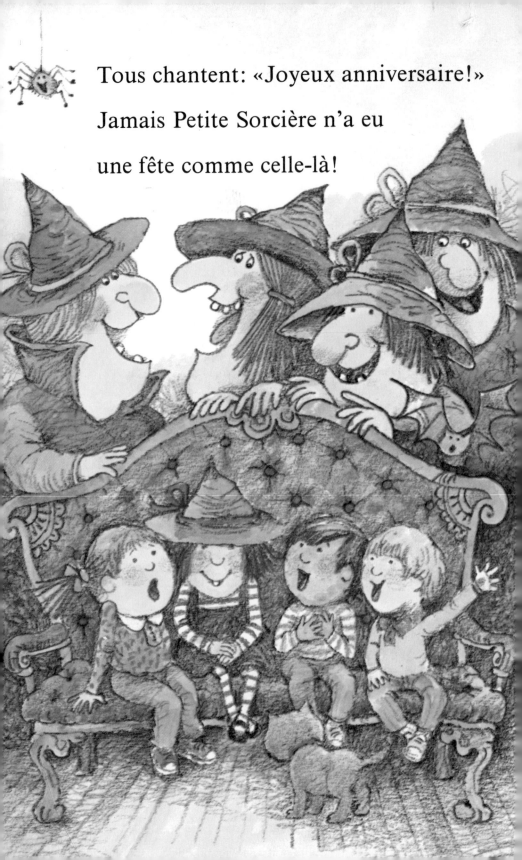